수런거리는 뒤란

수런거리는 뒤란

문태준 시집

차 례

제1부

호두나무와의 사랑　10

돌배나무와 배나무　11

掌 篇　12

새　13

첫사랑　14

빈집 1　15

빈집 2　16

白 露　17

겨울 꽃봉　18

폐광촌 肖像　19

봉산댁　20

下里 정미소　21

개 미　22

봄비 맞는 두릅나무　23

지는 꽃　24

細 雨　25

태화리 도둑골　26

그늘 속으로　27

내 마음이 흥가에　28

뿔　29

돌들이 팔을 괴고 앉아   30

제 2 부

너무 빠른 구름   32

아슬한 피란   33

새벽 3시   34

들고양이   35

오래된 악기   36

흰나비재   37

皮 影   38

곳 간   39

미친 여자와 소 이야기   40

꽃뱀을 쫓아서   41

비 지나가는 저수지   42

사라진 뱀 이야기   43

한 주정꾼 이야기   46

비겁한 상속   47

제 3 부

處 暑   50

굴을 지나면서   51

· 묵정밭에서   52

태화리에서 1   53

사철나무   54

태화리에서 2   55

빈집 3   56

망나니가 건넨 말   57

그 골방에 대하여   58

회고적인   59

흙집의 우울   60

내 배후로 夕陽, 夕陽   61

어둠이 둠벙처럼 깊어   62

熱 病   63

하짓날   64

포도나무들   65

오, 나의 어머니   66

쥐불을 놓는 사람   67

구릉지대   68

제 4 부

유랑극단   70

상여가 지나가는 마을의 하루   71

국화 꽃잎이 마르는 사이   72

툇마루   73

엽 서   74

열락의 꽃   75

염문이라는 것   76

그믐날, 부고를 걸다　77

갈라터진 흙집 그 門을 열어 세월에 하얀 燈을 주렁주렁 켜는　78

枯木의 힘　79

집착에 관하여　80

유　혹　81

동학사 洞口　82

도래지에서 멈칫거리는 망명가들　83

황도 포구　84

섬에서 며칠　85

수런거리는 뒤란　86

門　87

忍　冬　88

焚　書　89

첫　눈　90

해설/박형준　91

시인의 말　105

제 1 부

호두나무와의 사랑

내가 다시 호두나무에게 돌아온 날, 애기집을 들어낸 여자처럼 호두나무가 서 있어서 가슴속이 처연해졌다

철 지난 매미떼가 살갗에 붙어서 호두나무를 빨고 있었다

나는 지난 여름 내내 흐느끼는 호두나무의 뜻을 들었다
그러나 귀가 얇아 호두나무의 중심으로 한번도 들어가보지 못했다

내가 다시 호두나무에게 돌아온 날, 불에 구운 흙처럼 내마음이 뒤틀리는 걸 보니 나의 이 고백도 바람처럼 용서받지 못할 것을 알겠다

돌배나무와 배나무

예순한살의 아버지가 진흙을 발라 돌배나무에 접을 붙이
고 있었다

얼굴은 잊혀지고 그 옛사람의 그림자만 남았다

사마귀 대가리처럼 치켜 오르던 꽃들의 잔치도 무덤덤해
졌다
내 마음도 먹줄을 퉁긴 듯 고요해졌다

그러나,
사소한 후일담도 없이 돌배나무는 배나무로!

掌 篇

　늙은 손이 내 손을 쓸고 갔네, 외할머니 얕은 머리숱에 꽂힌 비녀처럼
　가늘고 여린 손이 내 가슴을 쓸고 갔네, 마당을 쓸고 지나가는 싸리비처럼
　그 손은 터진 평야에 몰아치는 회오리
　아가야, 꽃모가지를 따다 그 손 위에 얹어라!
　흰나비야, 그 손 위를 날아다녀라!
　그러나, 그 손으로 고목나무처럼 걸어들어가는 긴 주름만 있을 뿐
　늙은 손이 내 손을 쓸고 지나가
　내 몸에 열꽃이 피고 시냇물은 빠르게 움직이고 구름은 엉킬 여유 없이 흘러가고
　들쑤셔놓은 벌집처럼 세월이 아프다

새

　누이들의 발길을 따돌려 나는 성황당 지나 밤길의 긴 방죽
을 오랜 세월 걸어가니
　새는 내 머리맡을 돌다 깊은 산으로 사라졌다
　움막으로 노파가 들어가듯
　검은 밤나무 가지에 부엉이가 밤톨처럼 내려앉듯
　누군가 나를 부엉이 눈 속으로 데려가리라 믿었으나
　귀살쩍은 나에게 추파를 던질 뿐
　어린 왜가리만 움쭉달싹 못해 밤 이슥하도록 공중에 걸려
있었다
　허공에서 쩔쩔매는 저 저울질
　별이 다 땅으로 내리기 전 캄캄한 풀들을 묶기도 하며
　바람에 무동타고 꼭 산 아니라도 가고 싶었던 곳

첫사랑

눈매가 하얀 초승달을 닮았던 사람
내 광대뼈가 불거져 볼 수 없네
이지러지는 우물 속의 사람
불에 구운 돌처럼
보기만 해도 홧홧해지던 사람
그러나, 내 마음이 수초밭에
방개처럼 갇혀 이를 수 없네
마늘종처럼 깡마른 내 가슴에
까만 제비의 노랫소리만 왕진 올 뿐
뒤란으로 돌아앉은 장독대처럼
내 사랑 쓸쓸한 빈 독에서 우네

빈집 1

홈더버기 빗길 떠나간 당신의 자리 같았습니다 둘 데 없는
내 마음이 헌 신발들처럼 남아 바람도 들이고 비도 맞았습니
다 다시 지필 수 없을까 아궁이 앞에 쪼그려 앉으면 방고래
무너져내려 피지 못하는 불씨들

종이로 바른 창 위로 바람이 손가락을 세워 구멍을 냅니다
우리가 한때 부리로 지푸라기를 물어다 지은 그 기억의 집
장대바람에 허물어집니다 하지만 오랜 후에 당신이 돌아와
서 나란히 앉아 있는 장독들을 보신다면, 그 안에 고여 곰팡
이 슨 내 기다림을 보신다면 그래, 그래 닳고 닳은 싸리비를
들고 험한 마당 후련하게 쓸어줄 일입니다

빈집 2

지붕 위로 기어오르는 넝쿨을 심고 녹이 슨 호미는 닦아서 걸어두겠습니다 육십촉 알전구일랑 바꾸어 끼우고 부질없을망정 불을 기다리렵니다 흙손으로 무너진 곳 때워보겠습니다 고리 빠진 문도 고쳐보겠습니다

옹이 같았던 사랑은 날 좋은 대패로 밀고 문지방에 백반을 놓아 뱀 넘나들지 않게 또 깨끗한 달력 그 방 가득 걸어도 좋겠습니다

白 露

　뒤늦게 애가 들어선 사십대 여자처럼
　늙은네 발톱 같은 껍질을 가르고 붉은 석류가 터져나오고
있었는데,
　바람도 으스름달도 모르게,
　먼데서 온 마수걸이 손님처럼
　이슬 하나까지 얹혀,
　그래도 살아남은 꽃시절이 있었다

겨울 꽃봉

저 꽃봉에도 바람이 한때 놀았지
깡마른 겨울풀이 뼈를 드러내놓고 뼈를 딱딱 부딪치며 서
있었다

저 꽃봉에도 바람이 한때 놀았지
나는, 문둥이처럼 살이 문드러지고 광대뼈가 불거진 한 주
검을 조문하고 내려오고 있었다. 놀란 꿩들이 대낮에 든 도
둑처럼 튀어올라 산길을 앞서 날아갔다

아리게 부서지는 겨울 햇살이 깊은 땅 아래로 내려갔으
면……

작은 바람이 일어도 바람은 이제 바람끼리 논다

폐광촌 肖像

겨울빛 훤칠한 자작나무처럼 강원도 정선군 고한읍에 와
서니
쪽문 바깥에서 검은 개가 언청이처럼 울다
가물치 한마리 손아귀를 빠져나가는 듯 나는 아찔해졌다

검은 흙에 반쯤 묻혀 있는 폐……
막장에 꽉찬 어둠을 누가 으깨고 갈 것인가

회벽을 돌아가는 사람들은 이목구비가 몰려 있고
보리깜부기가 서럽게 핀 이 넓은 중심!

모든 초상이 이파리를 내리고 숨을 닫았다

봉산댁

딸린 우수가 많아 슬피 지는 꽃이 피었다
싸리꽃이 피면 도둑골에는
모가지가 올에 걸려
노루가 운다지
반나절 가웃 노루가 운다지
대들보가 썩어질 놈,
싸리꽃 그늘에서나 뒈질 놈……
차고 빠지는 게 있으나
어디 애잔한 가슴에게 물결이 있던가
무심한 짐승에게 둥겨를 풀어 한 때를 먹이고
굴뚝의 덕석을 걷어 불을 들인들
싸리꽃 그늘에서 노루가 울 때면,
더욱 슬피 지는
청상과부
사람꽃

下里 정미소

제간엔 가마니 같은 눈을 뜨고도 성에 안 차
하는 족족 늦둥이 애한테 통박이다
마수걸이에 호되게 구시렁거리는 아범이다
봄 햇살에 내놓자 바구미들이 구탱이로 몰렸다
겨울 한철에 정미소 기둥이 한쪽 내려앉았다
구덩이에서 무를 꺼내나 반 썩어질 양
정미소가 제 폼을 찾으려면 먼데서 여럿 와야 할 모양이다
바구미 등처럼 까맣게 빛나는 봄날 오후의 下里 정미소

개 미

처음에는 까만 개미가 기어가다 골똘한 생각에 멈춰 있는
줄 알았을 것이다

등멱을 하러 엎드린 봉산댁
젖꼭지가 가을 끝물 서리 맞은 고욤처럼 말랐다
댓돌에 보리이삭을 치며 보리타작을 하며 겉보리처럼 입
이 걸던 여자
해 다 진 술판에서 한잔 걸치고 숯처럼 까매져 돌아가던
여자
담장 너머로 나를 키워온 여자
잔뜩 허리를 구부린 봉산댁이 아슬하다

봄비 맞는 두릅나무

산에는 고사리밭이 넓어지고 고사리 그늘이 깊어지고
늙은네 빠진 이빨 같던 두릅나무에 새순이 돋아, 하늘에
가까워져 히, 웃음이 번지겠다
산 것들이 제 무릎뼈를 주욱 펴는 봄밤 봄비다
저러다 봄 가면 뼈마디가 쑤시겠다

지는 꽃

언덕길에 곱사등이들이 모가지를 빼고 앉아 있네

문득 휘몰아친다네, 우리가 어찌할 수 없는 힘은
등뼈를 바깥으로 탈골시키네 그들은 대갈못처럼
더욱 주저앉네, 꽃에서 한잎의 귀가 떨어지네
이 지상에서 잊혀진 소리들이 건너 지방으로……

우리는 등을 켜고 가만히 보네, 우리가 어찌할 수 없는 힘
을.

細　雨

옻나무 가지를 만지듯 말을 내어놓는 말더듬이를
이런 날
만나보겠다
아슬아슬한 간격이다
이렇게 가늘은 비 내려
무언가 반송해야 할 우편물을 찾는다
샐비어, 샐비어 빨간
허리가 가늘다

태화리 도둑골

딱따구리 한마리가 숲에서
목구멍을 치는 소리
먹는 입이 저처럼
활엽수를 쪼는 딱따구리만큼 맑아질 수 있을까
하도 맑아
상처를 잊은 듯
나무의 존재도 오롯하게
허공에 부풀어

그늘 속으로

나무 그늘을 지나간다 가재가 나를 꽉 문다
많이 본 녀석 같다 맑은 魂들이 돌들 사이로
지나가는 때 본 녀석 같다 아득히 먼데서
걸어온 녀석이다

내 마음이 흉가에

돌무지 길조차 따라가지 못한 내 마음이 흉가에,

바퀴소리를 다시 듣는다는 것 얼마나 어려운가
한때 굴러다니던 저 자전거, 흙 덮어쓴 농구 곁에 멈춰 있
다

옛 애인은 가고 없어 능구렁이처럼 나 홀로 흉가에 들어앉
는 것,
바람이 안장에 앉아 무료하게 바퀴를 돌리고 있다

녹슨 살대에 기름칠을 하는 것 얼마나 어리석은가
탱탱하게 공기를 채워넣어 기다린다는 것 얼마나 버려진
일인가

뿔

천둥칠 때 달팽이의 뿔을 한 구름도 있고 황소뿔처럼 굵은 구름도 있다 그놈들이 뿔을 맞대고 불끈 힘쓸 때 정자나무 늙은 놈이 뒷전에서 구경하다 귀를 다친다 나는 문지방에서 들어앉고 라디오를 눌러 끄고 전등의 삿갓처럼 쪼그려 앉기도 한다 빗방울이 양동이에 고여 넘치도록 구름들은 느린 걸음으로 어슬렁어슬렁 내 슬레이트 지붕을 지나간다 마당에 나가 장대처럼 서보고 싶고 꺾어진 풀들도 얼른 세워주고 싶고 그러나 저 뿔들의 싸움이 나는 무섭기도 하다 저것들이 또 한바탕 내 안에서 뿔을 겨루는 것이다

돌들이 팔을 괴고 앉아

주둥이 긴 한무리의 멧돼지떼가 콧김을 뿜으며 물위를 이
동하고 있네
먼지기둥처럼 안개를 털어 내놓는 새벽 물길

물길 아래
돌들은 팔을 괴고 앉아 복화술로 말을 걸고 있네, 물길에
대하여

"노적가리만큼금고만큼우리가우리를잠근다는것은버팅
긴다는것은무엇인가물소리를귀따갑게들려오는물소리를엿
보지않는다는것은무엇인가어정쩡한관음증은무엇인가곡괭
이처럼나를캐내무리가운데로밀어넣는물길은얼마나불온한
가"

제 2 부

너무 빠른 구름

　물고기 지느러미처럼 살랑살랑 흘러가는 세월이 어디 있
더냐
　그대가 밤새 쭈그려 앉은 올빼미가 된들, 여막을 석삼년
지킨들
　아하, 혼백이 떠나지 않더냐
　독뱀처럼 잔뜩 웅크려야 한번 파안대소하는 것
　물고기 지느러미처럼 살랑살랑 흘러가는 세월이 어디 있
더냐

　오늘밤 번갯불은 어느 낮의 반쪽을 비춰줄까
　구름이 간다, 지나간다

아슬한 피란

줄초상이 난 집, 빗질을 하지 않아 몰골이 진흙에 반쯤 묻힌 그릇의 굽 같다
당사주 그림책처럼 잔뜩 해진 집을 시렁들이 떠받치고 있다

죽은 사람의 관자놀이를 맴도는 까마귀

하늘을 향해 휘둘리는 喪主의 바지랑대

투계 두어 마리 초상집 마당에 던져주고 싶다

새벽 3시

새벽 3시에 무덤은 독에 물이 꼭 차 찰랑거린다

모가지를 날갯죽지에 묻은 장닭처럼 무덤이 횃대에 올라
있다

부풀어오르는 저 무명씨의 무덤을 찾는 이 나는 본 적 없
다

새벽 3시,

한그루 나무처럼 내 척추에는 가시 같은 바람이 뻗쳐 있다

들고양이

거름자리에 서서 내가 바지춤을 끄르자 늙은 고양이가 치어다보고 있었다

이놈아, 이놈아!

내가 바지춤을 끄르고 오른발로 땅을 쿵, 쿵 울리자 그놈이 소리들을 그러모으고 있었다

망태기 같은 귀가 살짝 움직이었다

늙은 고양이 오줌을 받아다 귓구멍에 부으면 귀머거리의 귀가 뚫린다,는 말이 언뜻 생각났다

마루에 앉아 봄볕을 쬐며 시어머니 귀에 고양이 오줌을 부어주던 아랫집 며느리가 생각났다

그 아랫집 며느리는 젊어 미쳐 동네 이리저리 돌아다니고 있었다

이놈아, 이놈아!

놈이 허리뼈를 쭈욱 한번 펴더니 훌쩍 뛰어올라 산으로 움직여 갔다

소리들이 몰려가는 자리 따라 작은 길이 생겨났다

오래된 악기

그럴 때마다 한무리의 되새떼가 지게꾼처럼 공기를 지고
날아올랐다

대문에 감나무 한그루를 세워둔 집터는 집을 버리지 않았
지만,
비를 만난 개미둑처럼 집들은 죄다 허물어졌다

그날 도끼와 같이 근육이 단단한 사내들이 한 무덤에서 뼈
를 이장하고,
태양이 땅에 묻히는 풍경을 목 빼어 들여다보는 기린처럼
나는 뼈들이 얹혀 있던 그 깊은 데를 들여다보고 있었는데

그럴 때마다 한무리의 되새떼가 지게꾼처럼 공기를 지고
날아올랐다
하늘에 긴 소리통을 휘둘러 오래된 악기를 연주하였다

흰나비재

한마리 흰나비가 빽적지근한 숨을 고르는
할망구 흰머리카락 위 폴폴 고추모종밭 공중에 날고 있다,
사십구재 향을 사르고 있는 것이다
할망구 두개골에 눈물이 꼭 고였다
저 흰머리 할망구 두개골에 찍힌 발자국을 훔쳐간 도둑은
누구인가
저 흰머리 할망구 두개골에는
할망구 신발코에 발을 대보다 그냥 댓돌로 내려서는 깜깜
한 구들장 같은 사내가 있던가
캄캄한 협곡에서 비가 내려선다
때때로 나도 나비도 할망구도 할망구의 두개골에 찍혀 있
는 사내도
살고 죽는 일에 이, 저곳을 넘어가고 돌아오지 못해 콱 눈
이 막힌다는 것,
비 내려 나비도 이, 저곳을 날지 못할 바에야
맴도는 흰나비도 매정한 절벽 사이에 갇혀 있다는 것,

오도 가도 못하는 귀신 같은 흰나비의 발자국 몇개만 아주
남았다

皮 影

염소를 끌어, 구정물통 핥는 염소를 끌어 우리에 묶어두고
나는 부엌에 쪼그려 앉아 흙벽에서 파닥거리는 큰 나방을
보고 있다
문둥이들의 춤이다!
살아 있지만 이 나방은 그림자극에나 나오는 놈이다
나방은 제상을 걷어치우고 증조부의 紙榜을 태우고 있다
아궁이에는 뒤틀린 木皮가 오열하고 있다
흉측한 문둥이들의 춤이다!
나는 先代에 일어났던 몰락의 불기둥을 알지 못한다
나는 결국 숯덩이만 아궁이에 남는다는 이 저녁의 불길에
대해 알지 못한다
부엌에 오금이 저리게 쪼그려 앉아 나는 파닥거리는 큰 나
방을 보고 있다
널을 뛰는 문둥이들의 춤이다!
솥뚜껑은 들썩거리며 목피보다 더 오열하며 끓고 있다
불 옆에서 판을 벌이는 슬픈 그림자극이다

곳 간

　바람이 일지 않으면 사람들은 스스로 걸어서 결국 바람을
만들어야 할 것이다
　붉은 수수들 출렁이는 벌판에서 마음을 끌어다 들어서는
곳간,
　나는 머리가 세 개인 매를 잡아다 이곳에 가둔다
　죽은 쥐들의 악취를 채는 매의 발톱을 읽고 있으면, 나는
유쾌하다
　이 썩은 무구덩이 속에는 귀신들이 판을 치고 있다
　흉악범 같은 아버지들의 딱딱한 혀도 한됫박 모여 있다
　개밥그릇은 개밥그릇처럼 찌그러지고 그 공기에 담기면
세월도 찌그러진다

미친 여자와 소 이야기

뜸부기가 우는 저녁 그 여자는 여태 산 밑에 있다
무덤은 하늘을 맞대고 무어라 욕설을 하는 것 같다
소는 가끔 울다 조용히 그 옆에서 거친 풀을 뜯는다
그 여자 죽으면 늙은 소 큰 귓속으로 들어가겠다, 했다
그런데, 뜸부기 소리만 산 가운데 살아 있다
데려갈 주인 없는 늙은 소만 살아 있다
등뼈가 내려앉은 그 여자 세월 속에 묻혔다
광대뼈가 불거진 달이 매일 그 여자 얘길 하고 간다

꽃뱀을 쫓아서

까만 혀를 날름대는 게 숯을 삼켰구나, 불탄 장작 한토막
처럼 혀를 움직여대는 뱀
마당 한구석이 중얼거리더니 그늘이 길고 깊어지다
부지깽이를 갖다 모가지를 눌러줄까, 요년!
저 혓바닥! 화냥기의 집!
집에 든 뱀을 잡아들였다 육촌형은 장마 내내 누워 지냈
다, 썩은 나무둥치처럼.
나는 대숲에 서서 장대비들이 들이치는 걸 보았다
썩은 대통에 장대비가 휘두르는 광기를 보았다
누군가 죽은 형의 살을 물어뜯었다, 벌 쐰 가슴 벌집을 따
주듯
누군가 낮 동안 맺을 하고 밤 동안 삽짝에 소금을 뿌렸다
쭈그려 앉은 새 곁에서 세월이 혹간 흘러갔으나 나는 살아
내는 일이 무구덩이 같았다
외바늘 낚시에 걸린 생이라니!
부지깽이를 갖다 모가지를 눌러줄까, 요년! 벼르는 사이
까만 혀가 쑤욱 내 골 속으로 들어왔다 나간다
하얀 침이 고인 자리
하얀 햇빛 속으로 꽃뱀도, 육촌형도 사라졌다

비 지나가는 저수지

구름이 사람과 엉킴은 오래된 재실 마당에서나 있을 일이다
비 지나가는 저수지 다들 돌아간 녘에
어둠이 오리떼를 종용하며 모가지에 절구 같은 울음으로
고인다
나는 지렁이의 몸통 반을 잘라 저수지에 담가두고
이 넓은 토란잎에 빗발이 듣는 걸 본다
붕어쯤 갈쿠리를 입에 넣고 당기는가본데
나는 바둑돌을 올려놓듯 무심하다
마을에서 누군가 올라와 거머리밥이 되기까지의 자살행
위가
빗발을 받는 이 토란잎의 이력이다
한배의 새끼를 낳은 토끼장에 누런 족제비 한마리를 들여
놓고 그놈들끼리 물고 뜯는 것을 멀찌감치서 지켜보듯
유쾌하게 나는 내 낚싯대를 당기는 물밑 유속과
더 밑에 가라앉은 돌들의 얼굴을 들여다본다
씨알 굵은 고기들의 저 근육이 어디서 연유할까
오리떼가 더 깊게 절구통을 찧어댈수록 혼자 남아 있자니
이 토란잎이 서낭당 같아 더럭 무서워져 낮게 중얼거린다
구름이 사람과 엉킴은 오래된 재실 마당에서나 있을 일이다
구름이 사람과 엉킴은 오래된 재실 마당에서나 있을 일이다

사라진 뱀 이야기

외할아버지의 낡은 옷을 보며 나는 뱀의 껍질 같은 비릿한
내를 맡았다
지게의 등이나 받쳐주던 지겟작대기 끝에 뱀 한마리가 대
롱대롱 걸려 들어왔다
숫돌에 얹혀져 푸른 등을 내보이던 낫보다 그 능구렁이가
더 무서워 보였다
(저녁연기가피는집을방문한者/그놈을/낯선꽃이라/부르
겠네)

뱀을 본 누이들이 서둘러 굴뚝을 돌아 도망쳤다
목구멍이 조인 그놈을 보니 내 목이 갈근거렸다
작고 빈 독을 가져다 놈을 집어넣고
외할아버지는 독 안에 뭔가 무서운 것이 들어찼을 것이라
며 혀를 찼다
독에 뚜껑을 얹고 그 위에 큰 돌을 하나 더 얹었다
놈의 목이 딸각딸각거리는 소리가 들리는 듯했다
(꽃도간히면숨을멎을까?/낯선꽃이꺾어질까?)

늙은 능구렁이는 쉬이쉬이 휘파람을 분다고 외할머니는

43

생전에 얘기했다
　쉬이쉬이 휘파람이 끝나는 자리에서
　그놈을 데려갈 놈들이 밤새 기어온다는 것이었다
　외할머니는 쉬이쉬이 숨이 가빠지더니 저승으로 가버렸다
　(외할머니도 生이라는 것을 살았다면 / 하나의 꽃?)

　일전에 동네에 여자가 길 위에서 죽었다
　여자는 연신 애를 배어, 애를 배게 만든 남정네들이 그 여
자를 매번
　둔덕에서 밀어버린다고 소문이 돌았다
　둔덕에 매어져 있던 소가 비탈로 굴러
　솔방울 같은 눈망울을 하얗게 만들며 죽는 것을
　나는 아주 가까이서 본 적이 있었다, 그 여자도 소처럼
　눈자위가 하얗게 쇠어버렸을 게다
　여자가 미치면 소를 닮는다,고 누군가 말했다
　미친 여자는 늙은 구렁이가 거두어 간다,고 누군가 말했다
　(미친 여자도 꽃이었을까? / 그 꽃씨들은?)

　토끼 귀보다 높게 귀를 허공에다 내다걸어

그 작고 까만 독을 나는 꼬박 지켜보았지만
아카시아가 많은 공동묘지 산에서부터 길 위에까지
해가 천천히 걸어내려오는, 그런, 오래된 아침만 반복되었
다
(들깨하얀꽃망울에피어나던세월이이따금／자줏빛가지꽃
에가서
피고지고하였다／능구렁이가사라졌다！／아무도
독을열지못했다／손끝멀리피어있는꽃！)

한 주정꾼 이야기

그 오래된 주검은 말〔言〕의 도살꾼
누렇게 털을 갈아 덮어쓰는 소에게만 멍에가 있을까
캄캄한 방칸은 아귀들의 명승지
그 오래된 주검은 문에 대못을 박는 맨주먹, 뒤주가 될 수
없었던 바람의 문짝
누가 그 주정꾼의 광란을 기롱할 수 있을까
그 오래된 주검은 내 방황의 병풍, 빈 쌀독에 갇힌 굶주림
아, 당최 안 잊히는 그 주검은 한때의 세월이 관람한 박물관
누군들 모난 술그릇이 아니되었겠는가
누군들 볼짝이 패도록 왕머구리처럼 울부짖지 않았겠는가

비겁한 상속

한마리 쥐의 주검을 담보로 생존하여갔다

무당의 공수에 기대어 어머니들이 생존하여갔다

"감히 니놈이 늙은 무당에게 그딴 생각을 하다니"

나는 돌부리가 많은 밤길로 쫓겨났다. 그때서야 감나무 이
파리도 큰 뱀의 껍질처럼 무서워졌다

그 늙은 무당이 독을 품어 한 집의 황소가 넘어갔다고 소
문이 돌았으니,

나는 가장 작은 무덤을 다른 곳으로 옮기고 가끔 마당에
소금을 뿌렸으며 북쪽으로 머리를 두어 눕지 않았다

그후 그 무당을 보지 못했으나, 나는 달에 절을 하고 생솔
가지에 불을 놓았다

무당의 공수에 기대어 나도 생존하여갔다

제 3 부

處 暑

얻어온 개가 울타리 아래 땅그늘을 파댔다

짐승이 집에 맞지 않는다 싶어 낮에 다른 집에 주었다

볕에 널어두었던 고추를 걷고 양철로 덮었는데

밤이 되니 이슬이 졌다 방충망으로는 여치와 풀벌레가

딱 붙어서 문설주처럼 꿈적대지 않는다

가을이 오는가, 삽짝까지 심어둔 옥수숫대엔 그림자가 깊
다

갈색으로 말라가는 옥수수 수염을 타고 들어간 바람이

이빨을 꼭 깨물고 빠져나온다

가을이 오는가, 감나무는 감을 달고 이파리 까칠하다

나무에게도 제 몸 빚어 자식을 낳는 일 그런 성싶다

지게가 집 쪽으로 받쳐 있으면 집을 떠메고 간다기에

달 점점 차가워지는 밤 지게를 산 쪽으로 받친다

이름은 모르나 귀익은 산새소리 알은체 별처럼 시끄럽다

50

굴을 지나면서

　늘 어려운 일이었다, 저문 길 소를 몰고 굴을 지난다는 것
은. 빨갛게 눈에 불을 켜는 짐승도 막상 어둠 앞에서는 주춤
거린다.

　작대기 하나를 벽면에 긁으면서 굴을 지나간다. 때로 이
묵직한 어둠의 굴은 얼마나 큰 항아리인가. 입구에 머리 박
고 소리지르면 벽 부딪치며 소리 소리를 키우듯이 가끔 그
소리 나의 소리 아니듯이 상처받는 일 또한 그러하였다.

　한 발 넓이의 이 굴에서 첨벙첨벙 개울에 빠지던 상한 무
르팍 내 어릴 적 소처럼 길은 사랑할 채비 되어 있지 않은 자
에게 길 내는 법 없다. 유혹당하는 마음조차 용서하고 보살
펴야 이 굴 온전히 통과할 수 있다. 그래야 이 긴 어둠 어둠
아니다.

묵정밭에서

찾아가고 싶다 밭 가운데 무너지는 무덤, 마른 쑥풀 비석
세우고 이승으로 내려와도 더운밥 한술 뜨지 못하는 당신을
만나고 싶다 산에서 내려온 질경이 아카시아 들쥐에게 온몸
내주는 그대의 이력을 얘기해주오 볕바른 산중턱, 이속의 억
수비에도 물길 걱정 없는 그곳 버려두었으니 당신의 한평 누
운 자리는 허물어지는 목, 들일과 당신이 부린 집짐승과 농
사 일지를 기억해주오 서러울 것 없다 바람 얌전하고 亡者
여, 이 세상 저물녘에 둥근 집으로 지고 들어간 것은 무엇입
니까

태화리에서 1

까만 염소가 칠순의 큰아버지를 끌고 집으로 든다 까칠까칠 몸 비비며 서 있는 나락들, 여물지 못한 낟알들이 바람으로 떨어져내렸다 벼 베지 않았고, 탈곡기 피댓줄에 감겨 돌지 못했다 헛청에서 땅콩과 검은콩의 갈걷이를 얘기하는 어머니, 쌀독 비어갔다 아버지는 저물녘 창수 형님의 봉고차에서 내렸다 젊은 축과 어울려 공사판을 떠도는 당신, 그 잡부의 차림은 미장하지 않은 벽돌의 틈, 겨울바람이 거칠게 쌓이고 기워져 있었다 장대가 닿지 않아 남겨진 감들, 끄트머리에서 다닥다닥 엉긴 감들이 내리는 그림자, 대문은 죄다 열려 있었지만 수챗구멍의 쥐들만이 간혹 그 골목을 횡단했다 아무도 그해 여름 냉해를 말하지 않았고 몸채에 귀 대면, 포도나무의 숨소리 뿌리로부터 새어나오고 있었다

사철나무

　반갑다 바지에 달겨드는 까치발 풀섶 지나 꿩 비탈 모양으로 날으는 산을 오르다 떼거리 왕벌에 놀라 가던 길 내려옵니다 여름내 무성하던 파란 이파리를 질겁하며 떨군 숲, 늑골에 찬 슬픔으로 골짜기는 웅달 깊고, 늦은 오후까지 철길 위 서면 오락가락하는 기차처럼 마음 둘 데 없습니다 마귀의 손을 세운 십년생 포도나무 그 밑 마른 고춧대로 앉아 있다, 생솔가지 꺾어 끌며 집으로 돌아옵니다 마당 어귀 삼재 든 석류나무는 가시가시 날카롭고 이 계절에 더 남겨지는 것 있을까 전정가위 들어 낮은 울타리 자릅니다 파란 피 흘리며 오래고 오래 지켜온 것들 떨어져내립니다

태화리에서 2

대못에 주름진 바지들이 걸려 있다 대숲 지나온 바람이 창틀 거미줄을 거머쥔다

기울어져 되레 팽팽하게 당기는 전봇대들, 털갈이 소 멍에를 씌우고 리어카 한대 고샅 돌아간다 건빵만한 점방에서 대작을 마친 저문 사내들 꽈배기 모양으로 뒤틀려 돌아간다 굽은 길 꽃으로 밝히는 가로등, 마을 몇 남은 집 새어나오는 불빛보다 많구나 이장은 죄송하다 대동회 회관방에서 코 떨어진 양말 감추듯 했다는 마을 돈 당겨쓴 실패한 영농후계자 굽은 그 길 소상하다

감나무 접을 붙여도 고욤나무는 마당 가운데서 곁가지 치며 자란다 뜨락 신발 곱게 정돈하는 밤 긴 빨랫줄에 符籍 꼴로 널리다 마실 가는 바람, 퇴락한 것은 풍문 잦다

빈집 3

이 방은 이물스럽다 저녁이 이울고
구석서부터 물오르는 소리들의 구근
장판 걷혀진 구들장으로 불기둥이
훅 지나간다 흔적은 얼마나 관능적인가
까마귀가 내려앉은 부적 위를 지나,
퉁퉁한 거미 문설주 저켠으로 금줄을 친다
처마 밑 망태까지 차올라
밤새 둥근 알을 낳는 닭의 難産
낡고 해져 이 집 흙담처럼 기울어도
검은 가죽나무에 터잡는 마음 다잡으면
빈집은 화려하다 소리들의 구근을 씹을수록
아, 떠나간 자의 이 파란만장함

망나니가 건넨 말

초승달을 저만치 걸어두고
무덤에서 반 썩은 열 되 남짓 내 송장이
걸어가는 사람의 발을 이 밤에 잡아채거든 오랜 습관으로
알 것
삼신밥을 올리는 점쟁이로 알 것
산 사람이 귀양간들 탱자나무 안
세월이야 봉창 뚫린 집에 한 사나흘 묵었다 가지
마음은 허허벌판에 쏟아지는 우레 같은 것
주리틀수록 외로워지는 것
거미줄을 걷고 빈집의 문간 드나들며 방칸 수나 이따금 세
어볼 것

그 골방에 대하여

구릉을 지나가다 보면 위아래로 뚫린 우물처럼 그 사람의
무덤,
한줌의 흙무덤들도 그가 염쟁이였다는 사실쯤은 안다
불심지를 끈 방에 늙은것의 모가지가 발가벗겨져 올가미
에 걸려 있다
골방 문짝에 대못으로 박혀 있는 통나무들
그가 우우 가련한 산짐승 소릴 지르고 있다
아이들은 빈 깡통을 걷어차다 그 널 같은 골방으로 몰려
가고,
왜 구릉은 능구렁이처럼 무덤을 끌고 가 그 골방의 애기
시작하는가
구릉을 지나가다 보면 위아래로 뚫린 우물처럼 그 사람의
무덤,
염쟁이 그도 제 생을 염할 순 없었을 터
어떤 病의 풍문이 아직 이 무덤을 배회하고 있는가
왜 이 무덤만 문드러지지 않는가

회고적인

가령 사람들이 변을 보려 묻어둔 단지, 구더기들, 똥장군들.

그런 것들 옆에 퍼질러앉는 저 소 좀 봐,

배 쪽으로 느린 몸을 몰고 가면 되새김질로 살아나는 소리들.

쟁기질하는 소리, 흙들이 마른 몸을 뒤집는.

워, 워, 검은 터널을 빠져나오느라 주인이 길 끝에서 당기는 소리.

원통의 굴뚝에서 텅 빈 마당으로 밀물지는 쇠죽 연기.

그러나 不歸, 不歸! 시간은 사그라드는 잿더미에 묻어둔 감자 같은 것.

족제비가 낯선 자를 경계하는 빈, 빈집에 들어서면

녹슨 작두에 무언가 올리고 싶은, 도시 회고적인 저 소 좀 봐.

흙집의 우울

굶주린 아이들은 쥐를 따라 골목의 구멍을 쑤시고
남쪽 지방에서 사내들은 숯덩이로 대문에 戶主名을 쓴다
청상과부들 뭉클한 옆구리로부터 대성통곡하며 빠져나오
는
새들, 흔들림으로 주머니를 꽉 채운 새들 둥근 무덤에 내
려앉자
당산나무 꼭대기 까마귀가 마을을 향해 울리는 風樂 소리
누군가 먼 길을 떠나가려나 하루의 경과는 더디고
살아낸다는 것은 무엇인가, 누런 흙집에 들어앉아
밤이면 가슴에 거친 멍석을 까는 사람들, 하늘로 난 아궁
이 그 붉은 불에
한 사람을 장작삼아 밀어넣고 지붕을 스쳐가는 바람소리
남쪽 지방의 흙집들은 금가고, 행주처럼 뒤틀려 쓰러지는
데
구멍에서 더 깊은 구멍으로 쫓겨다니다 죽은,
죽은 사람을 데리고 가는 것은 두려움에 질린 쥐, 검은 쥐
들이다

내 배후로 夕陽, 夕陽

저무는 나무들의 이파리에 내 맨발 흥건히 젖어들 때
툇마루에 반쯤 걸터앉은 햇빛에는 애당초 누군가 살고 있
는 게다
한량처럼 열대의 늪을 건너가는 河馬와
南國으로, 남국으로 한절기를 버티려는 되새떼 그 빈사의
폭동 사이
개 같은, 당최 이 개 같은 틈에 내가 고개를 설레설레 흔들
때
내 맨발이 저무는 나무들의 이파리에 가려질 때
눈에 호롱불을 들이고
바늘귀를 꿰주마, 중얼거리는 그런 오랜 족속이 있는 게다
한번도 보지 못한 내 할머니 넋, 혹은 내가 부려온 세상의
노복들이 있는 게다

어둠이 둠벙처럼 깊어

까마귀가 있는 보리밭

당분간 막풀 흐드러지게 하라, 밭 가운데 내둥 박힌 돌무지들, 젖은 짚단을 태우려 짚불을 쑤석이는 것처럼 저버리지 못하는 농부의 습관이 곡식을 기른다 이 밭의 노동 헛물만 켰으니 밭은 옹관묘, 갈가마귀떼 내려앉게 하라 토우처럼 서서 지나온 길 다시 짚어보게 하라 한 사나흘 내둥 울게 하라 이 밭, 말간 힘으로 출렁이게 하라

버려진 배추가 있는 겨울밭

날 잘 선 낫으로 나를 거두어 가시라 바람은 차디차다 막장보다 깊게 무너지는 진눈깨비 몸에 얼어붙는다 꼬랑이로 찾아가는 길은 억만 굽이 짚어가다 보면 층층 얼음, 벼랑 끝에서 돌아온다 속대 같은 사내 하나 집안에 들이고 얼추 열 발 친친 새끼를 꼰다 독처럼 꽉 들어찬 내 몸, 부디 베어 가시라

熱 病

퀴퀴한 방 한구석에 모과를 쌓아둡니다

저녁밥 짓는 연기가 탱자나무 울타리에 엉켜 꽃이라도 피
우려 합니다

젖은 발을 뜨락에 얹다 말 붙일 곳 없어 감나무에 말을 건
넵니다

감나무는 끝이 까맣게 탄 감꽃을 떨구어 보입니다

사람에 실성한 사람을 누가 데려 살까요

늘그막 젖무덤 같은 두꺼비가 그늘을 따라 길게 옮겨갑니
다

하짓날

제비집인데 제비 아닌 뭔 날것 돌아온다
찬물 위 기름 돌 듯 매번 처마 아래 그 집 허물 생각
그을린 방구들 구름들 서쪽으로 갈아 내놓는 인부들
집터 한귀퉁이에 엉켜 살던 푸른 풀배암이
가시덤불 우거진 산속으로 소낙비처럼 내쳐간다
병 깊어져 오늘 산속으로 간 사람의 무정함
묻힌다는 것은 무엇인가, 초저녁녘 중얼거리는
날벌레떼거리, 저 살아 있는 무덤들!
나는 피우려던 쑥불 그만둔다
뜸부기는 별 하나씩 골짜기에 따 담아
하늘의 벌판에서 꽃들 별똥으로 지는데
하현달에 올라 낫을 갈며 나는 끊어지는 인연을 본다

포도나무들

오래된 포도밭에는 폐경한 여인들이 산다 지주목도 비와 바람에 삭아서 죽은 포도나무에 기댄다 녹슨 철사줄을 감아 쥔 덩굴손, 살점 다 발라낸 뼈다귀 같다 여름이 솟았다 진 자리, 나무들이 더러 죽었다 죽은 나무를 건드리자 포도 알갱이들이 송이에서 빠져나온다 알은체하니 마르고 쭈그러진 유언들이 더듬더듬 흘러나오는 것이다 나무들은 그제야 죽음쪽으로 돌아눕는다

마을엔 나무란 나무가 죄다 포도나무, 늙은 생애들뿐이다

오, 나의 어머니

　꼿꼿하게 뿔 세우고 있는 흑염소 무리들을 보았습니다 죽
창 들고 봉기라도 하듯 젖먹이 어린것들 뒤로 물린 채 북풍
에 수염을 날리고 있었습니다 가끔 뒷발질에 먼지를 밀어올
리면서 들판에 일렬로 벌리어 있었습니다

쥐불을 놓는 사람

이 불길, 크고 작게 번지는 불길의 간격은
폐허를 두려워하고 있는 것이다
늙은 군복바지가 두렁에 침목처럼 서서
긴 부지깽이를 내두르는데,
나는 풀이 타들어가는 소리를 듣는다
겨울 아침, 동력경운기에 시동 거는 그 소릴
듣는다 가르릉거리다 픽 꺼지는
고집 센 이 두렁의 폐허, 옮겨붙다 사그라드는
불길, 불은 풀의 폐허를 건드리지 못한다
제때 시동 걸리는 것은 生이 아니라는 듯

구릉지대

밭에서 캐낸 포도나무를 끌고 군불의 저녁으로 돌아갑니
다

極刑의 울음을 익힌 갈가마귀떼 나무들에게 내려앉고

나의 눈은 불을 켜고도 희미한 동력경운기의 길

깊어지면 病을 얻는 줄 압니다

사투리의 삶들 갈라터져 별이 됩니다

고통도 먼발치에선 별인데

나는 나무의 피질이 등에 박히는 구릉에 삽니다

제 4 부

유랑극단

저 햇살, 천막을 펼쳐 멸치들을 후리고 있다
바람의 공회당, 그 후락한 폐옥을 낮달이 걸어들어가고 있
다
돋움발을 한 겨울나무, 우편부가 지나가고 있다
전갈을 보냈다던가?
내 마음을 갉는 시궁쥐, 사람들이 어선처럼 불을 켜든다
돛대 위에 둥근 달이 매달려 보고 있다
그 여자가 간다던가?
개들이 천막을 걷고 있다, 집을 소등하고 있다

상여가 지나가는 마을의 하루

죽은 그 여자 부르튼 발을 일으켜 세우네
여인들은 널어둔 빨래를 걷고 문을 걸어잠가, 지금은
상여가 지나갈 때

산그늘이 내린 찬 저수지를 물뱀 한마리 건너가는 것을 보
았네,
서리 찬 물길에 닿는 꽃잎을

살아 마른 길 위에 눕던 사람, 마른 쑥부쟁이처럼 떠돌라
지

상여가 나간 마을에 군불 연기가 피어오르고
흙을 파먹는 우엉뿌리 같은 군불 연기가 피어오르고
상여꾼들이 짚가리처럼 모여 마른 떡을 구우며 저무는 하
루

국화 꽃잎이 마르는 사이

흙을 덮고 누운 벌레 곁에서 마른풀들이 낮동안 아코디언
처럼 울어주었다

국화 꽃잎을 따다가 습자지에 곱게 포개 두꺼운 갱지를 눌
러놓았다 한 주루목의 볕도 들지 않는 곳으로 꽃잎이 누웠다
지하생활자처럼

늙은 아버지와 저승꽃이 더 많이 핀 큰아버지가 묏자리를
찾아 산그늘을 옮겨다녔다 벌집을 버린 벌떼들이 밤 동안 잠
들 또다른 벌개를 찾아가듯

툇마루

이렁궁저렁궁 말을 거는 바람들,
그 옛날의 여인들
바람의 목에 워낭을 달아줄까
꾸어다 놓은 보릿자루 같던
툇마루가 걸터앉아 삐걱거림
과거는 죽음 후의 뼈 같아*
설태 낀 혀를 등에 얹고 가는 바람들,
저 옛날의 여인들에게 워낭을 달아줄까

  * 영화 「파니핑크」에 나오는 말.

엽 서

바람이 먼저 몰아칠 것인데, 천둥소리가 능선 너머 소스라친다
이리저리 발 동동 구르는 마른 장마 무렵
내 마음 끌어다 앉힐 곳 파꽃 하얀 자리뿐
땅이 석 자가 마른 곳에 목젖이 쉬어 핀 꽃

열락의 꽃

생명들이 혓바닥을 뽑아낸다, 봄이다,
혓바닥이 가장 길게 나온 끝자리에
꽃이 핀다, 용쓰다 몸이 지칠 때 魂이
맑아진다, 그전까지는 혼몽하다……
아지랑이?…… 그 끝에 돌같이
단단한 꽃이 핀다

염문이라는 것

소 뜨물 켜듯이 볕을 들이켜는 옥수수…… 그러나, 그 혀를 우리가 볼 수 있나
늙은 소 꼬리처럼 노릇노릇한 해…… 그러나, 우리가 해의 노릇노릇한 꼬리를 잡을 수 있나
옥수수 수염 속으로 빨려들어가는 태양…… 그러나, 두 사람의 그림자를 밟아나보았나
음력 칠월의 옥수수밭에서 찍어온 활동사진을 본 적이 있는가

왜 나는 너를 사랑하면 안되나
아니본들 그게 왜 염문이 되겠나

우리의 등을 식혀주는 바람은 소댕 꼭지보다 짧고
어라 이거 봐라 그림자는 땅개보다 짧게 기어가는 것을
그러한 음력 칠월의 옥수수밭에 가면

그믐날, 부고를 걸다

장닭이 하도 울어서 낮잠이 깨었는데
누군가 다녀간 게다
쿰쿰한 변소 안에 두려다 문짝에 끼워두고 돌아선다
그새 바람 일었나
덜컹거리는 문짝이 먼저 우는 것 같아 용하다
뒤란으로
물에 빠졌기에 건져 가둔 다람쥐를 보러
갔다 하, 놈이 없다
얼마나 요동쳤을까
즐거웠을까

갈라터진 흙집 그 門을 열어
세월에 하얀 燈을 주렁주렁 켜는

대청마루 가득 꽃을 내다거는 누구
소켓을 돌려
하얀 등을 주렁주렁 켜는 누구
가만 보자,
지나치는 내 등뒤에
기억 안에
문득
혹
향기를 밀어넣는
아카시아, 아카시아

枯木의 힘

자빠름하게 비탈져 서 있는 겨울 개암나무여
그 곁에서 나는 속 빈 호두 껍질입니다
새와 구름이 없고
허허로운 낮달 공중에서 허공으로 사립 밀고 가는데
지상에서 이 나무의 집은 왜 공터가 아닙니까
큰 고목의 둥치, 이랑져도 묵묵부답하는 뿌리들이여
그대 가까이 닿고자 하면,
쌓였다 녹고 녹았다 어는 진창의 산길
나는 한참 올라야겠습니다

집착에 관하여

지주목에 쓸 요량으로 산에 올라 반나절 톱을 켰다
나무들이 지난 세월을 메치는 소리
쿵, 쿵 귀가 멍멍하다
지게에 쟁여진 나무들은 아직 맥박이 있다
아카시아 그 위에 난 길
나무의 숨통을 조르며 지나간 칡덩굴
너무 용쓰느라 죽는 줄, 썩어질 줄 몰랐겠지만
나무 피질에 웅숭깊은 골, 하늘로 올라갔구나

유 혹

가시나무를 지고 저 맨발의 늙은네가 나를 꼬신다
잡풀에 묻힌 무덤에서나 발굴될 뼈를 움직여
저 가시나무 무리가 나를 꼬신다
소 혓바닥 같은 시선으로 노인네가 나를 보며 내 몸을 핥
는다
가시나무 덤불이 나를 옭아맨다
길 위에 얹힌 저 두툼한 맨발이 내 삶을 지고 간다

동학사 洞口

한 나무에서 다른 나무로 옮겨가는 틈에 낀
날다람쥐들의
한 곡예
물수제비 뜨듯
줄 위에 올라 있는 남사당패들
탁한 낮달이 어둘녘 청명해지고 있다
어느 부족의 집과 절터 사이
나는 길 위에 저울추를 올려놓는다,
길이 끓는다

도래지에서 멈칫거리는 망명가들

인간탑을 쌓는 사람 흉내를 내는 저 망명가들
까맣게 땅에서 하늘로 건들거리며 날아오르는 철새
잔생각보다 가벼운 존재들,
도래지에서 멈칫거리는 모양새가 깡그리 도굴범 같다
무성한 붉은 수수가 흔들리는 것처럼 습지에 낙조가 한창
일 때
고분이 목에 꽉찬 목소리로 죽은 가수의 노래를 흥얼거리
는 비겁자들
일거수 일투족을 변명하는 無明의 음계들
나는 몹쓸 병을 얻을 때까지 습지를 오가며 저 변절자들을
후려칠 것이다

황도 포구*

내가 난생처음 포구를 본 것은 한 여자의 골상을 어림잡기
위해서가 아니었다

쑥대머리 귀신처럼 그 여자 산발을 하고, 얼기설기 얽은
몸에다 노을을 한 허벅 찰랑찰랑 들이고 있었는데,

왜 그 여자는 카랑카랑한 말 한마디 않았을까
바람은 뛰어가는 소 목에 걸린 워낭에 갇혀 울고

포구로 오기 위해 골이 잔뜩 팬 개펄을 지나쳐 왔다,고 그
여자가 말한 적은 없었다
검은 개펄에 검은 게 한마리가 오래도록 옆으로 기어가고
있을 뿐이었다

늘그막에 봤어야 했을 그 검은 포구에 고수레, 고수레

* 안면도 부속 섬인 황도에 있는 포구.

섬에서 며칠

숫돌에 낫을 갈듯 오가는 저 파도의 날은 넘어버렸다

파도야 종을 치듯 하지만 내 귀는 할망구 발톱만큼 두터
워져

가끔 두 근어치의 구름만 눈 안에 얹힐 따름이다

섬, 거적문 안에 앉아 머리카락도 기르고 손톱도 길러
쓸쓸한 생각들이 삼신메를 먹고 생각을 낳아 기르는
그 胎生의 과정을 지켜보면 생각의 창도 관대해진다는 것

섬, 불탄 집에 들어가 불길을 지피던 예전의 바람을 보는
자는 섬에 닿지 못할 것이다

저 번잡한 새들은 밤새워 울어도 섬을 유혹하진 못할 것이
다

수런거리는 뒤란

山竹 사이에 앉아 장닭이 웁니다

묵은 독에서 흘러나오는 그 소리 애처롭습니다

구들장 같은 구름들은 이 저녁 족보만큼 길고 두텁습니다

누가 바람을 빚어낼까요

서쪽에서 불어오던 바람이 산죽의 뒷머리를 긁습니다

산죽도 내 마음도 소란해졌습니다

바람이 잦으면 산죽도 사람처럼 둥글게 등이 굽어질까요

어둠이, 흔들리는 댓잎 뒤꿈치에 별을 하나 박아주었습니다

門

내 어릴 적 마당에 사철 감꽃 져내리는 감나무가 한그루
있었네
사마귀 대가리를 쳐들듯 분에 차서 들어오는 식구들
흙으로 빚은 얼굴을 하고 사흘 내내 내리던 흙비
내 어릴 적 마당에 사철 불 꺼진 가죽나무가 한그루 있었
네
늙은 누에처럼 기어가던 긴 슬픔들
조왕신을 달래러 밤새워 뜬 달
이제 모두 내보내니,
사립 하나 없는 문으로 들어와 복사뼈처럼 들어앉아 있던
것들아

忍　冬

겨울 나무가 친필을 보내오니
그 文章이 물빛이다
생각과 생각 사이에
퇴고도 없고
가두는 것 없이
퀭한 이목구비도
그냥
그런 듯이
요양원처럼

焚　書

　겨울 빈 들판에 허허 바알간 불이 타오르는
　들판의 분서!
　재를 삼키는 들판을 보라
　겨울새도 그 위는 날지 못하는, 잔뜩 웅크린, 불끈 쥔, 빈
것으로부터의
　힘!

첫 눈

오래
오래도록
걸어
걸어서 온
첫눈
하나
하나가
벼랑집

늙은 풍경에 대한 관능, 혹은 샤머니즘의 세계

박 형 준

1

제트기가 지나간 뒤의, 제트기가 남기고 간 구름을 본다. 어린 시절 제트기를 보려고 얼마나 하늘을 올려다보곤 했던가. 너무나 깊은 곳에서, 너무나 빨리 사라져버리는 제트기. 제트기가 남기고 간 구름은 서서히 퍼지면서 알 수 없는 슬픔 속으로 어린 나를 데려가곤 했다. 제트기의 꼬리에서 나오는 선명한 자국이 점점 부풀어가는 모습은, 이 세상에 변하지 않는 것은 하나도 없다는 생각을 내게 심어줬다. 문태준의 첫시집 『수런거리는 뒤란』을 몇차례 되풀이 읽는 동안, 나는 어린 시절의 제트기가 다시 내 머리 위로 지나가는 느낌을 받았다. 마치 제트기가 지나간 뒤, 그 뒤의 구름을 쫓아 제트기가 있을 만한 하늘에 눈길을 주듯, 그 멀고 아득한 곳에서 뿜어져나오는 최초의 선명한 자국을 보는 듯했다. 사실 지금 되돌아보면 제트기의 모습보다, 제트기가 만든 구름만이 생각난다. 나는 고향의 풍경을 떠올릴 때, 그것은 제트기의 구름과 같은 기억이 구성한 왜곡된 풍경이 아닌가 자문한다. 고향의 실체보다 고향의 기억이 마음속에서 전혀 다른 고향을 구성하고 있는 것

91

이 아닌가, 그래서 오히려 그 풍경 속에서 위안받고 있는 것이 아닌가 의심을 한다. 언제부터 내 마음속에서 은빛으로 빛나는 제트기가 사라져버렸단 말인가. 문태준의 시들은 제트기가 사라져버린 내 마음속에 제트기의 선명한 은빛 날개를 되살려주듯, 고향의 원래 모습을 생생하게 체험하게 한다.

대개 농촌 출신의 시인이 도회지에서 오래 살게 되면 고향에 대한 추억, 이야기들이 도회지의 말들로 번역하거나 가필한 느낌을 주게 마련이다. 고향에 대한 기억이 이미지와 이미지로 연결된 다큐멘터리로 고정되어버리는 것이다. 이에 비해 문태준의 시들은 시어부터가 토속적이고 원색적인 느낌을 준다. 이것은 그가 아직도 고향을 현재화해 살아가고 있다는 증거가 된다.

　　내가 다시 호두나무에게 돌아온 날, 애기집을 들어낸 여자처럼 호두나무가 서 있어서 가슴속이 처연해졌다

　　철 지난 매미떼가 살갗에 붙어서 호두나무를 빨고 있었다

　　나는 지난 여름 내내 흐느끼는 호두나무의 뜻을 들었다
　　그러나 귀가 얇아 호두나무의 중심으로 한번도 들어가보지 못했다

　　내가 다시 호두나무에게 돌아온 날, 불에 구운 흙처럼 내 마음이 뒤틀리는 걸 보니 나의 이 고백도 바람처럼 용서받지 못할 것을 알겠다

　　　　　　　　　　　　　　　　　　　　——「호두나무와의 사랑」 전문

서시는 호두나무의 열매가 다 떨어진 뒤 귀향한 자의 모습을 그리고 있다. 호두나무의 열매 있던 자리에 철 지난 매미떼가 붙어서 운다. 화자는 열매가 다 떨어지고 조로해버린 호두나무, 그 열매 있던 자리에 매미가 붙어서 우는 그런 풍경에만 가봤을 뿐이라고 자책한다. 매미가 붙어 있는 자리는 사실 '호두나무의 중심[열매]'이 있던 곳이다. 화자는 그런 중심들에 가보지 못한 자신이 비겁하다며 스스로 '용서받지 못할 것'이라고 받아들이는 것이다. 이러한 화자의 생각은 고향이 폐허가 되어서야 탕아처럼 돌아온 자의 뉘우침이라고도 할 만하다. 중요한 것은 이것이 선언에 그치지 않는다는 것이다. 자세히 들여다보면 서시는 직유를 통해서 화자가 보는 풍경을 시각, 청각화된 이미지로 드러낸다. 그것을 거칠게 풀이해보면 다음과 같다.

　1. 화자는 (어떤 이유로) 다시 고향에 돌아왔다. 고향은 호두나무처럼 언제나 그 자리에 서서 화자를 기다렸다. 그런데 호두나무 열매가 다 떨어져서 가슴이 처연해졌다. 여기서 화자가 가슴이 처연해진 것은 호두나무가 "애기집을 들어낸 여자처럼[시각]" 서 있기 때문이다.

　2. 열매가 떨어진 호두나무에는 '철 지난 매미떼'가 붙어서 울고 있다. 화자에게 '철 지난 매미떼'는 바로 자신이라는 생각이 든다. 뒤늦게 돌아온 자신처럼 매미는 호두나무에 붙어서 "호두나무를 빤"다. 고향을 떠났으되 늘 고향에 대한 그리움을 버리지 못한 화자에게 매미가 붙어 있는 것이 살갗을 빠는 모습으로 비치는 것은 당연하다. 왜냐하면 열매 있던 자리가 젖꼭지라는 생각을 화자가 하고 있기 때문이다. 즉, 매미소리[청각]가 빠는[시각, 청각] 모습으로 화하는 과정에서 화자가 심리적으로는 한번도 고향을 떠나지 못했다는 것을 보여주고 있다.

3. 지난 여름에도 화자는 호두나무가 바람(혹은 매미소리?)에 흔들리는 것을 보았다. 화자는 그것이 호두나무가 곡〔청각〕을 하는 것처럼 느껴졌다. 화자에게 호두나무가 곡을 하는 것처럼 느껴지는 것은 호두나무가 자신을 기다리고 있다고 믿는 심리가 강하기 때문이다. 그러므로 자신이 "호두나무의 중심으로 한번도 들어가보지 못"했다는 자책이 설득력 있게 들린다. 자신의 내면 속에서 쉼없이 들리는 호두나무의 곡을 "귀가 얇아" 듣지 못했다는 것은, 역으로 그 곡소리가 그만큼 강했다는 반증이 된다.

4. (이런 생각을 하며) 화자는 호두나무 앞에 서 있다. 그러는 동안 처음에 처연해진 마음이 차츰 뒤틀려진다. 지난 여름부터 지금까지 한번도 고향을 제대로 받아들이지 못했던 것이 아닌가 자책하는 사이, 화자는 마음이 "불에 구운 흙처럼〔시각〕" 뜨겁게 갈라지는 것을 느낀다. 이 갈라짐 혹은 뒤틀림은 폐허화된 고향과 자신이 방치해두었던 고향이 갈등하는 구체적 표현이다. 그것은 동시에 한번도 고향의 진정한 모습 속에 다가가지 못한 것에 대한 화자의 아픈 고백이기도 하다. 그러나 이 고백 또한 이제껏 그래왔듯 "바람처럼" 흘러가버릴 것일지 모르니 "용서받지 못할 것"임에 틀림없다고 화자는 자신을 반성하는 것이다.

서시의 이 반성이야말로 문태준이 끊임없이 고향과 사랑을 해왔다는 것을 역설적으로 보여준다. 이 사랑은 진정으로 고향에 들어가고 싶은 마음과, 이제는 버려진 풍경으로 있는 고향에 대한 원망이 갈등하는 구조가 하나로 맞물려 감싸져 있는 것이다. 문태준에게 고향은 지나간 추억이 아니라, 늘 현재로서 있다. 그의 시에서 끊임없이 되풀이되는 서사의 이미지화, 구체적으로는 서사의 시각화가 도드라지는 것은 그가 고향에 대한 추억을 현재화해 살고 있으며, 또한 실체로 있는 고향에 자신을 투신해서 살고 싶다는 욕구가 반영된 것이다. 가령 돌배나무에 접을 붙여 배나무로 만드는 과정을 그리고 있는 「돌배나무와 배나무」에서 "옛사람의 그림자만 남았다"고 표현한 것을, 그가 추억의 유적지에 빠져 있는 것으로 보는 것은 부당하다. 오히려 배나무로 바뀐 돌배나무는 여전히 폐허화된 존재를 지탱하는 '뿌리'로서, 여전히 실체로서 살아 움직인다는 것을 여백에 깔고 있는 것이다.

이와같이 문태준의 시들은 고은, 신경림에서 내려온 농촌시의 계보가 문득 70년대생 디지털 세대에게까지도 전승될 수 있다는 점에서 놀라움을 준다. 비슷한 또래의 젊은 세대의 시들이 실체의 자연을 탈각시키면서 사이버스페이스(가상공간)의 '기계화된 자연'을 조립해가는 것과는 정반대로 움직이고 있기 때문이다. 또한 지난 90년대의 대표적인 젊은 시인들이라고 할 수 있는 이윤학, 이정록, 차창룡과도 다른 차원에서 농촌에 접근하고 있다. 언뜻 보면 한 세대를 건너뛰어 다시 새마을운동 노래가 들릴 법한 세계가 재현되고 있는 것으로 비칠 수 있다. 왜냐하면 앞세대의 농촌시가, 이미 그곳에 없는 농촌에 대한 기억의 현재화가 강하다면, 뒷세대인 문태준은 지금 그곳에서 기억을 현재화해 살고 있을 뿐 아니라 전면적으로 그곳의 현실을 살아내고 있기 때문이다. 그런데 이 단절은 낯설기만 할 뿐 아니라 폐쇄적인 느낌이 강하다.

> 제간엔 가마니 같은 눈을 뜨고도 성에 안 차
> 하는 족족 늦둥이 애한테 통박이다
> 마수걸이에 호되게 구시렁거리는 아범이다
> 봄 햇살에 내놓자 바구미들이 구탱이로 몰렸다
> 겨울 한철에 정미소 기둥이 한쪽 내려앉았다
> 구덩이에서 무를 꺼내나 반 썩어질 양

정미소가 제 폼을 찾으려면 먼데서 여럿 와야 할 모양이다
바구미 등처럼 까맣게 빛나는 봄날 오후의 下里 정미소
———「下里 정미소」 전문

이 시만 보아도 "통박이다" "구시렁거리는" "구탱이" "구덩이"
등 토속적인 언어 사용빈도가 잦다. 또한 화자의 내면정서보다는
그 바깥에서 벌어지는 일을 점묘하듯이 표현하면서 시각화된 이
미지로 드러냄으로써 까다롭게 읽힌다. 봄날의 정미소 풍경을 그
리고 있는 이 시는 1, 2행만 읽으면 이해하기가 어렵다. 3연에 가
서야 겨우 의문이 풀린다. 늦게 아들을 둔 '아범'(시골에서는 늦
게 아이를 본 것도 못난 것의 일종이다)인 주제에 늦둥이 아들이
일을 못한다고 성에 안 차 '가마니 눈'을 뜨고서 통박질을 한다.
일종의 희화화된 풍경인데 웃음을 유발하기보다는 이해하는데
더 애를 먹인다. 그러나 이 장면을 이해하게 되면 겨울 내내 한산
했던 정미소가 봄날이 되어 부산해지는 것을, 아들을 통박주는 늙
은 아범과 쌀에 생기는 바구미로 절묘하게 결합한 시인의 재능에
감탄하게 된다. 특히 봄날 정미소의 부산한 모습을 "바구미 등처
럼 까맣게 빛나는 봄날 오후"로 시각화해 드러낸 이미지는 선명하
게 다가온다. 그러함에도 이 한장의 스냅사진과도 같은 풍경이 실
세계에서 동떨어진 느낌을 주는 것은 왜일까. 이것을 이해하기 위
해서 문태준이 살았던 경북 김천의 조그만 동네로 여행을 떠날 필
요가 있다.
    그의 고향은 추풍령에서 5리 정도 떨어진 곳으로 황악산 자락에
덮여 있다. 황악산은 김천시에서 서쪽으로 12km 정도 떨어진 곳
으로서 소백산맥 가운데에 위치해 있다. 옛부터 학이 많이 찾아와
황학산(1,111m)이라 불리었으나, 직지사의 현판 및 『택리지』에 황

악산으로 되어 있다. 이 산은 울창한 소나무숲과 깊은 계곡에 옥같이 맑은 물, 가을의 단풍과 겨울의 설화가 유명하다. 그는 직지사 뒷산에 있는 황악산 높은 봉우리가 보이고 사방이 산으로 둘러싸인 작은 마을에서 자랐다. 김천과 멀리 떨어져 있는 곳이 아닌데도 차가 한시간에 한대 정도 다녔으며 전기도 늦게 들어왔다. 마을은 가난한 편으로 논농사가 많지 않았으며, 그것도 천수답이었다.(지금은 포도농사를 주로 짓는 편이다.) 그래서 마을에 두 개 있는 저수지의 물길을 서로 차지하려는 물꼬 싸움이 벌어지곤 했다. 지금은 40여 가구에 80명 정도가 거주하고 있는데, 오십 된 자식이 젊을 정도로 고령화된 동네이다. 즉, 이곳은 너무나 빨리 돌아가는 세상에서, 마치 폭풍의 중심에 있는 것처럼 느리고 더디며 고요하게 움직인다. 문태준은 이 정지된 듯한 풍경이 우리 삶의 근원임을 일러준다. 첫시집의 거의 대부분의 시가 40여 가옥만 남은 고향의 삶에 주목을 하고 있는 이유도 여기에 있다. 그는 매스미디어를 알지 못하더라도 자신의 방식대로 삶을 살아내고 있는 사람들이 여전히 그 공간에 있다는 것을 알려주고 있는 것이다. 오히려 그의 시는 매스미디어에 장악되어 살고 있는 우리가 제대로 살고 있다고 할 수 있겠는가 하는 의문마저 던지고 있는지 모른다.

2

대략 문태준의 첫시집은 농촌 현실과 농촌 사람들 이야기, 늙은 것(특히 늙은 여자)에 대한 관능과 거부, 샤머니즘 등이 큰 줄기로 구성되어 있다. 이 중에서도 자신의 추억을 포함하여 농촌 현실과 농촌 사람들의 이야기는 시집 전편에 걸쳐 폭넓게 그려지고 있다. 가령 자신의 가족사에 대해서는 아버지가 봉고차를 타고 "젊은

축과 어울려 공사판을 떠"(「태화리에서 1」)돌고 있는 시어가 대표
적이며, 고향의 모습은 냉해에 시달려 "장대가 닿지 않아 남겨진
감들, 끄트머리에서 다닥다닥 엉긴 감들이 내리는 그림자"(「태화
리에서 1」)로 남아 있다. 그것의 구체적인 실체는 "긴 빨랫줄에
符籍 꼴로 널리다 마실 가는 바람, 퇴락한 것은 풍문 잦다"(「태화
리에서 2」), "마을엔 나무란 나무가 죄다 포도나무, 늙은 생애들
뿐이다"(「포도나무들」)에 잘 나타나 있다. 특히 마을이 퇴락했다
는 것을 한눈에 보여주는 것이 「빈집」 연작이다.

오랜 후에 당신이 돌아와서 나란히 앉아 있는 장독들을 보신
다면, 그 안에 고여 곰팡이 슨 내 기다림을 보신다면 그래, 그래
닳고 닳은 싸리비를 들고 험한 마당 후련하게 쓸어줄 일입니다
———「빈집 1」 부분

옹이 같았던 사랑은 날 좋은 대패로 밀고 문지방에 백반을 놓
아 뱀 넘나들지 않게 또 깨끗한 달력 그 방 가득 걸어도 좋겠습
니다
———「빈집 2」 부분

이 방은 이물스럽다 저녁이 이울고
구석서부터 물오르는 소리들의 구근
장판 걷혀진 구들장으로 불기둥이
혹 지나간다 흔적은 얼마나 관능적인가
———「빈집 3」 부분

빈집은 바람에 들려 살점이 떨어져나가듯이 서서히 무너져내

린다. 그런데 문태준에게 있어 빈집은 뭔가가 나가는 곳이라기보다 뭔가가 들어오라고 손짓하는 공간이다. 빈집은 한 여인이 자신을 품어달라는 것처럼 관능적인 자태로 서 있는 것이다. 빈집은 쓰러지고 있지만, 그 안의 내부는 누군가를 기다리는 모습으로 '흔적'을 남기고 있다. 그것은 서시의 '애기집을 들어낸 여자'로 비유되는 호두나무와 같다. 문태준은 이 빈집 마당을 싸리비로 깨끗이 쓸고 싶어하며, 뱀이 들어오지 못하도록 문지방에 백반을 놓겠다고 말한다.

「회고적인」이라는 시도 이와 유사한 맥락에 놓이는 시이다. 아무도 없는 빈집에서 "쟁기질하는 소리" "주인이 길 끝에서 당기는 소리" 등을 듣는 소는 실제로 우리들의 눈에 보이지 않는 소일 수도 있다. 아무도 살지 않는 빈집에서 소가 어떻게 추억을 되새김질하듯이 앉아 있을 수 있겠는가. 그것이 아무도 돌아갈 수 없는 "不歸, 不歸!"의 실체이다. 하지만 이 시의 제목이 「회고적인」이라는 것을 주목해볼 필요가 있다. 소는 "텅 빈 마당으로 밀물지는 쇠죽 연기"처럼 회고적인 자태로 앉아 있다. 누군가 이곳으로 다시 들어오라고 애타게 울어대는 소는 빈집의 다른 모습인 것이다. 마지막 시행이 "도시 회고적인 저 소 좀 봐"로 끝나는 이유는 누군가가 들어와서 빈집이 찼으면 좋겠다는, 그러나 아무도 오지 않기 때문에 흔적으로 남아서 관능적인 자태로 서 있는 빈집에 대한 화자의 강렬한 끌림을 나타낸 것이다. 문태준은 이처럼 늙은것들에 대해 매우 친화감을 느낀다. 특히 빈집과도 같이 늙은 여자들에 대한 친밀감은 젊은 여자들에 대한 그것보다 훨씬 강렬하다.

처음에는 까만 개미가 기어가다 골똘한 생각에 멈춰 있는 줄 알았을 것이다

등멱을 하러 엎드린 봉산댁
젖꼭지가 가을 끝물 서리 맞은 고욤처럼 말랐다
댓돌에 보리이삭을 치며 보리타작을 하며 겉보리처럼 입이
걸던 여자
해 다 진 술판에서 한잔 걸치고 숯처럼 까매져 돌아가던 여자
담장 너머로 나를 키워온 여자
잔뜩 허리를 구부린 봉산댁이 아슬하다

——「개미」 전문

이 시는 늙은 여자의 젖꼭지를 "개미가 기어가다 골똘한 생각에 멈춰 있는" 것으로 표현한 것으로 오해할 소지가 있다. 그런데 2연에 들어가면 그 개미는 "등멱을 하러" 등을 구부린 아낙의 모습임을 알 수 있다. 왜냐하면 2연 2행에서 "젖꼭지가 가을 끝물 서리 맞은 고욤처럼 말랐다"고 직접적으로 언술하고 있기 때문이다. 들일을 끝내고 저녁때쯤 돌아와 쉰내나는 몸을 씻는 늙은네는 햇빛에 몸이 까맣게 그을려 개미처럼 보인다. 이 개미는 가난에서 벗어나기 위해 끊임없이 일을 해야 하는 고단한 시골 늙은네이면서, 한편으로 화자에게 최초의 관능을 심어준 여인이다. 화자는 청상과부인 '봉산댁'을 담장 너머로 훔쳐보면서 자랐기 때문이다. 특히 개미처럼 "잔뜩 허리를 구부린 봉산댁이 아슬하다"고 하는 데에서 나타나듯, 이 늙음에 대한 화자의 친화와 끌림은 아슬할 정도로 깊다. 문태준에게 늙은 세계는 강렬한 원체험이다. 하지만 이 늙은 세계가 늘 따뜻한 것은 아니다. 그 세계로 가고 싶은 유혹이 강한 만큼, 그 반발로 그 세계로부터 벗어나려는 원심력도 강해진다.

가시나무를 지고 저 맨발의 늙은네가 나를 꼬신다
잡풀에 묻힌 무덤에서나 발굴될 뼈를 움직여
저 가시나무 무리가 나를 꼬신다
소 혓바닥 같은 시선으로 노인네가 나를 보며 내 몸을 핥는다
가시나무 덤불이 나를 옭아맨다
길 위에 얹힌 저 두툼한 맨발이 내 삶을 지고 간다

──「유혹」 전문

맨발로 가시나무를 지고 오는 늙은네. 거의 폐허나 다름없는
늙은 세계가 자신의 몸을 핥는 것에 화자는 심한 거부감을 느낀
다. 오죽하면 "잡풀에 묻힌 무덤에서나 발굴될 뼈를 움직여/저
가시나무 무리가 나를 꼬신다"고 했을까. 그러함에도 그 가시나
무 덤불과 같은 노인네들의 삶, 그 "길 위에 얹힌 저 두툼한 맨
발"에 의해 화자는 자신의 삶이 가꿔져왔음을 부인하지 않는다.
   문태준의 첫시집이 가장 빛나는, 어쩌면 농촌시의 새로운 영역
이 열리는 지점은 바로 여기에서이다. 늙은 세계에 동화되는 듯하
면서, 거기에 완전히 함몰되지 않으려는 의식, 그 팽팽한 긴장은
다채로운 시각[비유]에 의해서 아연 샤머니즘의 개화로 이어진
다.

3

어린 시절 그는 문을 열면 계곡 물소리가 들리는 환청에 시달릴
정도로 아팠다. 병명이 판명되지는 않았지만 콜레라에 걸린 것으
로 추측된다. 그의 어머니는 외아들을 살리기 위해 무당을 찾아갔

다. 태준의 어머니에게 무당이 말하길, 아버지가 나무를 팔아 가족들이 겨울 한철을 나던 때 산신이 들어 있는 나무를 잘못 베어 아들이 아픈 것이라고 하였다. 곧 무당의 굿이 시작됐고, 태준의 집에서는 그의 아버지가 태준을 가마니로 둘둘 말아 마루에 내려놓고 그 위에 삽으로 흙을 퍼붓기 시작했다. 아버지가 태준을 죽인 것이다. 그런 제의를 통해 그의 병은 용케도 나았다. 그의 고향은 무속과는 떼려야 뗄 수 없는 고장이었다. 한때는 마을 앞산의 커다란 바위가 지금 사는 동네와 맞지 않는다는 무당의 말에 따라 그 바위를 옮겨버린 적도 있었다. 어린 그는 그런 샤머니즘을 보며 자랐다. 어머니는 그의 건강을 위해 무당에게 자신을 팔아버려, 그는 임의로 무당의 자식이 되어 어린 시절을 보냈다.

이 폐쇄된 공간의 자족적인 세계, 나름대로의 질서가 외부 세계에 보이는 경계심은,

꼿꼿하게 뿔 세우고 있는 흑염소 무리들을 보았습니다 죽창 들고 봉기라도 하듯 젖먹이 어린것들 뒤로 물린 채 북풍에 수염을 날리고 있었습니다 가끔 뒷발질에 먼지를 밀어올리면서 들판에 일렬로 벌이어 있었습니다

　　　　　　　　　　　　　　　　　—「오, 나의 어머니」 전문

에 장엄하게 표현되어 있으며, 그 세계를 움직이는 축인 샤머니즘은,

그 늙은 무당이 독을 품어 한 집의 황소가 넘어갔다고 소문이 돌았으니,

나는 가장 작은 무덤을 다른 곳으로 옮기고 가끔 마당에 소금

을 뿌렸으며 북쪽으로 머리를 두어 눕지 않았다

——「비겁한 상속」 부분

등에서 보이듯, 엄격한 모습으로 나타나 있다. 이것은 "늙은 고양이 오줌을 받아다 귓구멍에 부으면 귀머거리의 귀가 뚫린다"(「들고양이」) "그 여자 죽으면 늙은 소 큰 귓속으로 들어가겠다"(「미친 여자와 소 이야기」) "지게가 집 쪽으로 받쳐 있으면 집을 떠메고 간다기에 / 달 점점 차가워지는 밤 지게를 산 쪽으로 받친다"(「處暑」) 등에 구체적으로 그려진다. 문태준은 이 늙은 세계, 폐쇄된 공간에서 들려오는 삶의 지혜를 들려주고 싶어하는 것 같다. 그리고 그 늙음은 '나'를 다시 살아가게끔 해주는 지혜로서 세상의 문을 열게 만든 원체험으로 깊이 각인된 것 같다. 이 작은 마을에서 벌어지는 샤머니즘적인 풍경이야말로 이 세계의 사람들이 살아가는 제의로서, 삶을 움직여가는 원동력이다. 문태준의 시는 이들이 믿는 샤머니즘이란 가난에서 기인한 것이지만, 또한 그 샤머니즘은 이들의 삶에서 자신들이 추구하고 싶은 삶의 표지로서 기능한다는 것을 역동적으로 보여준다. 이것은 선배들인 신경림, 김용택, 고재종이 주로 농촌 풍경을 서사로 그리고 있는 것과는 또다른 지점에서 자신의 새로운 길을 개척해나가려는 패기로 읽힌다.

특히 샤머니즘적인 세계를 고양이의 움직임을 통해 생생하고 역동적으로 그린 「들고양이」, "나는 살아내는 일이 무구덩이 같았다"면서 '육촌형의 죽음'을 꽃뱀의 이미지로 연결시킨 「꽃뱀을 쫓아서」 등은 깊게 분석해볼 만하다. 또 외할버지의 지겟작대기 끝에 걸려 들어온 능구렁이를 통해 불교의 윤회까지도 포괄하고 있는 「사라진 뱀 이야기」는 백석의 서사 계보를 이을 만한 재능을

과시하고 있다.

　물길 아래
　돌들은 팔을 괴고 앉아 복화술로 말을 걸고 있네
　　　　　　　　　　　　　　　　——「돌들이 팔을 괴고 앉아」 부분

　문태준의 시를 조용히 읊조리다가 나는 이 아름다운 시구절에
눈을 준다. 그 사십여 가구가 사는 작은 마을이 내게 "복화술로
말을 걸고 있"는 동안 나는 어느새 제트기가 날아가는 하늘에 눈
을 주던 느림의 세계에 발을 들여놓게 된다. 우리의 삶은 거기에
서 퍼진 구름이 아닌가. 어찌 거기가 별천지이겠는가. 무너지는
자세로 팔을 벌려 돌아오라고 손짓하는 빈집들이 원초적으로 아
픈 그곳이……

시인의 말

시골집 뒤란엘 가면 심지를 잃고 모로 누운 초롱을 보는데, 그 때마다 마음이 아슬하다. 삶이라는 게 원체 모로 서 있는 것인지 는 모르되, 그 세월을 살아오는 동안은 고통스러웠다.

장마 지나고 나서 눅눅한 것을 내어다 말리는 일을 거풍(擧風) 이라 하는데, '바람을 들어올린다'는 그 말의 여울을 빌려 일흔 다섯 편의 시를 세상에 내놓는다. 바람을 들어올려 가슴속에 남아 있던 무거리를 마저 체질할 수 있다면, 그래서 흰 광목 몇 마처럼 마음자리가 환해졌으면 좋겠다. 가늘고 가벼운 다리로 수면을 횡 단하는 소금쟁이처럼.

쉴새없이 바람에 흔들렸던 가족 모두에게 미욱한 첫시집을 바 친다.

2000년 3월

문 태 준

창비시선 196

수런거리는 뒤란

초판 1쇄 발행 / 2000년 4월 1일
초판 22쇄 발행 / 2026년 1월 28일

지은이 / 문태준
펴낸이 / 염종선
편집 / 고형렬 김성은 공병훈 염종선
펴낸곳 / (주)창비
등록 / 1986년 8월 5일 제85호
주소 / 10881 경기도 파주시 회동길 184
전화 / 031-955-3333
팩시밀리 / 영업 031-955-3399 편집 031-955-3400
홈페이지 / www.changbi.com
전자우편 / lit@changbi.com

ⓒ 문태준 2000
ISBN 978-89-364-2196-0 03810